JACQUES CHAUSSIER

——

LETTRE

A MES COMPATRIOTES

——

PARIS

IMPRIMERIE Vᵛᶜ P. LAROUSSE ET Cⁱᵉ

19, RUE MONTPARNASSE, 19

——

1881

JACQUES CHAUSSIER

———

LETTRE

A MES COMPATRIOTES

———

PARIS

IMPRIMERIE Vᵛᵉ P. LAROUSSE ET Cⁱᵉ

19, RUE MONTPARNASSE, 19

—

1881

LETTRE

A MES COMPATRIOTES

Lors de mon dernier séjour dans mon pays, j'avais
expliqué à quelques-uns de vous, dans une petite réunion,
les causes de l'avortement du projet d'une nouvelle installation de nos écoles ; je vous avais montré de quel côté
avait été, dans cette affaire comme dans bien d'autres,
le soin des intérêts de notre pays.

Je vous félicite sincèrement si ces simples explications
ont été pour quelque chose dans le revirement d'opinion
que vous avez montré le dimanche 26 juin, en nommant
conseiller un homme de bon sens et de bon jugement à
la place de celui qui n'aurait jamais dû sortir du silence
et de l'oubli.

Vous avez compris qu'il était temps de vous dégager
de certaines compromissions, sous peine de prendre votre
part de l'affront ; affront qui rejaillit sur les imprévoyants,
sur les ignorants — disons franchement le mot — qui
ont cru à toutes les sottes promesses, à tous les menson-
ges débités par des vaniteux incapables, follement en-
vieux d'arriver au premier rang,

Je vous avais dit que, le moment venu, je pensais que les hommes de bonne foi qui s'étaient mis, sans plus de réflexion, à la remorque de ces intrigants, reviendraient dans nos rangs après avoir reconnu leur erreur.

Mais je vous disais aussi que les promoteurs de la campagne menée contre la précédente administration, reconnaissant leur impuissance, se jetteraient, de dépit, dans les bras des réactionnaires. C'est le sort fatal des hommes sans principes.

Ni chair ni poisson, ils sont prêts à toutes les trahisons, n'écoutent que leur petite vanité blessée et leur rancune, sans se soucier, les malheureux, du mal qu'ils peuvent faire à leur pays.

L'événement m'a donné raison.

Vous les avez vus, ces soi-disant farouches républicains, ces purs, ces radicaux à tous crins, marcher aux urnes, la main dans la main des réactionnaires; avec ceux — ils ne l'ignorent pas — qui ont repoussé avec le plus d'acharnement l'imposition extraordinaire de dix centimes pour nos écoles.

Ah! comme ils sont bien dignes d'avoir un maître, et comme les monarchistes devaient se frotter les mains le dimanche matin!

Songez donc: ils allaient peut-être ressaisir la direction de la commune! Quelle joie!

Votre bon sens a fait justice d'une pareille alliance. Ils l'ont si bien menée, cette pauvre commune, qu'elle en serait morte si, dans plus d'une circonstance que nous raconterons un jour pour l'édification de la jeune génération qui a maintenant voix au chapitre, le vieux républicain que vous connaissez, mon père honoré, soutenu dans ses efforts par son attachement profond à son pays, n'avait réussi à arrêter des mesures désastreuses.

Eh! mon Dieu, ils ont raison, nos adversaires antirépublicains, de chercher à revenir au pouvoir, même avec l'appui des traîtres sortis de notre camp; quitte à les payer après la victoire comme ils le méritent.

Nous savons bien qu'il maudissent la république, eux; nous savons bien qu'ils sont les ennemis de la démocratie; nous savons bien qu'ils veulent la continuation de votre asservissement par l'ignorance, et qu'ils préféreraient — ils l'ont dit — bâtir une nouvelle église que de faire des écoles. Nous les connaissons, enfin! et c'est à nous de nous défendre. C'est de bonne guerre.

Mais comment qualifier des hommes qui, par rancune de ne pouvoir arriver les premiers, comprenant qu'ils n'ont réussi la première fois que par surprise, et se sentant perdus, se séparent d'un homme qui depuis un demi-siècle leur a montré la route à suivre pour établir définitivement la république qui permettra d'accomplir toutes les réformes nécessaires? Il est vrai que c'est lui qui s'était séparé d'eux, les jugeant incapables de jamais mener à bien des choses qui exigent une méthode et un esprit de suite.

Ils n'ont pas eu le courage de lutter avec leurs propres forces, et ils se disent républicains!

Mais savent-ils seulement ce que signifie ce mot merveilleux de république?

Savent-ils que, pour être républicain vraiment digne de ce nom, il faut être prêt à sacrifier dans l'intérêt de tous, dans de certaines circonstances, son petit amour-propre, sa grosse vanité, son fol orgueil et ses intérêts mêmes pour tout ce qui est juste, quand on a l'honneur de faire partie d'une assemblée délibérante ?

Non, ils ne se doutent pas que la république exige de ses fidèles un grand esprit d'abnégation, de sacrifice, de désintéressement.

La superbe devise : *Un pour tous, tous pour un*, est de l'hébreu pour eux.

Ils entendent bien exiger des autres des sacrifices en leur faveur ; mais ils ne veulent pas, eux, même quand ce sont leurs enfants qui doivent en profiter, ils ne veulent pas, disons-nous, faire le moindre effort.

Nous les verrons, ces fameux financiers, s'attacher avec acharnement à un projet, puis l'abandonner pour le reprendre ensuite ; votant un pauvre expédient pour trouver quelques ressources, et, au moment de l'accomplir, se dérobant de nouveau et rejetant tout, entraînant avec eux la perte d'une subvention considérable consentie enfin par les plus imposés, après mille efforts faits par le maire pour l'obtenir.

Il n'y avait là en jeu qu'une misérable question électorale ; car, après les élections, nous les voyons revenir avec le même acharnement au projet primitif, sans savoir seulement, cette fois, où ils trouveront les ressources pour y faire face.

Mais qu'importe ! Ne sont-ils pas les maîtres désormais ? Est-ce qu'il y a des difficultés pour eux ? Est-ce qu'ils ne feront pas tout ce qu'ils voudront ?

A eux la gloire de bâtir les écoles !

Allons, que ces savants, au nombre desquels il y en a qui ne savent pas distinguer un A d'un Z, examinent plans et devis, et ordonnent!

L'ancienne administration n'était sans doute pas entre des mains assez pures, aux yeux de ces délicats, pour mener à bien de pareils travaux.

Le maire leur avait bien dit qu'il avait la certitude que le gouvernement donnerait une subvention considérable; il avait des raisons particulières pour le leur affirmer.

C'était bien aussi à lui que l'on devait le vote de l'imposition extraordinaire de dix centimes, — imposition nulle aujourd'hui; — mais qu'est-ce que tout cela peut faire? Il s'agit d'eux, rien que d'eux; ils sont tellement surpris de leur avènement, ils ont tellement soif de pouvoir, ils sont si pressés de montrer leurs talents, ils vont faire de si *grrrrandes choses*! que vite ils mettent à leur tête l'homme capable, l'homme éminent que vous savez, le plus digne enfin!!!!!!

Les voilà à l'œuvre, quelle fête!

Allons, montrons que nous sommes les maîtres!

Et alors, que voit-on?

Toi, ami, tu envoies tes bestiaux parcourir la prairie quand c'est encore défendu à tout le monde? — Fais, nous n'avons pas de procès-verbaux pour toi.

Toi, autre ami, tu creuses un fossé sur la commune, tu en mets les terres sur ton propre fonds, ce qui peut établir que ce fossé est ta propriété si les bornes viennent à tomber? — cela s'est vu si souvent. — Fais toujours, nous n'avons pas d'yeux pour toi.

Et vous autres, vous arrangez d'une certaine façon l'entrée de vos propriétés aboutissant aux communaux ?
— Faites.

Mais toi, que fais-tu donc ? — Je fais comme les autres, monsieur le maire.

Je te le défends ! ou je te fais dresser procès-verbal. Tu n'es pas un ami, toi !

Vous, monsieur le receveur municipal, vous ne voulez pas nous laisser le maniement de l'argent comme nous l'entendons ?

Ah ! vous vous mettez aussi contre nous, vous !

Eh bien ! nous trouverons bien le moyen de vous faire marcher !

Hélas ! ce sont eux qui ont marché, et tellement vite, qu'ils en ont fait une chute terrible, où ils se sont brisés.

Le conseil est réuni pour les affaires ; vite, un secrétaire nouveau. L'un d'eux, parbleu ! le plus savant.

Mais voilà qu'ils ne comprennent rien à ce qu'ils ont à faire, ils n'en savent pas le premier mot ; de sorte qu'ils sont obligés de s'en aller, et le fameux secrétaire qui ne doutait de rien, — n'est-ce pas le propre des incapables de se croire capables de tout ? — obligé de se démettre de ses hautes fonctions.

Deviendront-ils plus modestes, après cela ?

Ah bien, oui ! Ce sont les autres qui sont cause de leur incapacité. Haro sur le gêneur, sur l'ancien maire ! Allons le dénoncer à l'autorité ; il ne nous faut plus de *mousieurs* dans le conseil. Otons-le aussi du bureau de bienfaisance, dont les biens pourtant n'ont pas toujours été étrangers à sa famille.

Et les voilà partis en guerre !

Les malheureux ! ils ne savaient pas que la roche Tarpéienne est près du Capitole. Aussi, quelle déroute ! quel châtiment !

Ils avaient pourtant un haut et puissant protecteur, qui, à les en croire, devait leur faire obtenir tout ce qu'ils voudraient.

Le fait est que, connaissant pourtant bien certains détails scabreux, il les avait appuyés en mêlant son nom à des œuvres fort peu édifiantes.

En réalité, il ne réussit qu'à détourner sur sa joue une partie du retentissant soufflet qui leur a été si justement appliqué.

Mais laissons cela, et réjouissons-nous de voir le suffrage universel, quoique mal éclairé encore, savoir aussi bien reconnaître ses erreurs et les corriger au moment venu.

Oui, je dis que cela est consolant, car c'est une preuve qu'il y a dans notre nation un grand fond de bon sens qui empêchera désormais tous les hommes de bonne foi d'être les jouets des intrigants.

Et quant à ces derniers, d'où qu'ils viennent, serrons les rangs, et sachons les traiter avec le dédain qu'ils méritent.

J'ai parlé tout à l'heure d'ignorance ; il ne faut pas que cela vous blesse. La question de l'instruction universelle est partout à l'ordre du jour : c'est l'instrument nécessaire à tout citoyen appelé désormais à s'occuper des affaires publiques ; et si l'instruction manque encore à tant d'entre vous, cela n'est pas seulement de votre faute. Il faut s'en prendre certainement à l'indifférence des parents ; mais surtout à la funeste loi cléricale de 1850, qui a établi pour les écoles des programmes tracés tout entiers par la lourde main de l'Église, qui veut le peuple ignorant, afin de mieux assurer sa domination sur lui.

Puis aussi, à la lassitude et à l'indifférence des maîtres obligés à un tel enseignement.

Voilà pourquoi, depuis trente ans, on bourre l'esprit des enfants de catéchisme, qu'ils ne peuvent pas comprendre, puisque ceux qui l'enseignent ne le comprennent pas ; de cantiques plus ou moins ridicules, et quelquefois séditieux ; d'une pauvre histoire sainte, où nous trouvons, comme leçon de probité et de morale à donner à des enfants, l'abominable histoire d'Agar chassée avec son fils par son seigneur et maître, après lui avoir servi dans les circonstances que l'on sait. Beau fait, ma foi ! qui donne une haute idée de l'esprit de loyauté, de justice des classes soi-disant dirigeantes de ce temps-là !

Comme leçon d'astronomie : l'histoire de Josué arrêtant le soleil, quand nous savons aujourd'hui que c'est la terre qui tourne autour du soleil et sur elle-même.

Comme leçon de physique : l'histoire de la mer Rouge écartant ses eaux pour laisser passer les Hébreux comme entre deux murailles, quand nous savons que le propre des liquides, leur règle immuable est de se répandre en surface plane.

Comme leçon d'acoustique : l'histoire des murs de Jéricho tombant au son de la trompette, quand nous savons que, pour casser seulement une vitre, il faut un déplacement d'air énorme comme en produit le canon ; et nous ne pensons pas que les trompettes de vos anges, que vous n'avez jamais vus, soient capables de faire concurrence à nos formidables canons de forteresses.

Comme leçon de physiologie : l'histoire de Jonas avalant la baleine, — pardon, je me trompe, — je veux dire la baleine avalant Jonas et le gardant trois jours sans qu'il puisse respirer, quand nous savons que, faute de pouvoir respirer, l'homme meurt en moins d'une heure.

Et tant d'autres histoires du même genre ; de sorte qu'il ne reste pas une minute pour apprendre les choses sérieuses les plus élémentaires, et dont l'homme fait puisse tirer quelque profit dans la vie.

Ah ! mes amis, nous ne verrions pas les défaillances dont nous parlions tout à l'heure si, au lieu de cet enseignement stérile et si vite oublié, on avait appris à vos enfants l'histoire des grands hommes qui ont travaillé, au péril de leur vie, à l'émancipation de l'humanité.

Depuis Jésus, l'admirable martyr ! mis à mort par les nobles et les prêtres de son temps, parce que sa belle doctrine de fraternité universelle les gênait dans leur vanité et leur oppression.

Depuis notre sublime Jeanne Darc, qui, après avoir sauvé son pays, fut lâchement abandonnée de son roi auquel elle avait rendu un trône ; abandonnée des nobles qui, par elle, avaient recouvré leurs fiefs, et brûlée vive par les prêtres, qui ne pouvaient, ni les uns ni les autres, lui pardonner d'avoir montré au peuple ce que peuvent les plus humbles quand ils portent en eux l'amour ardent de la patrie.

Depuis Galilée, martyrisé par les papes, pour avoir découvert que la terre tourne, ce qui anéantissait la pauvre histoire de la création du monde selon l'Église,

Et à travers les âges, après les sombres temps de la féodalité jusqu'à nos grands génies comme Voltaire, et tant d'autres, osant, sous la plus odieuse des tyrannies, la tyrannie de l'Église, élever la voix en faveur des innocents persécutés, et flagellant leurs bourreaux dans des pages sublimes.

Jusqu'à tous ceux enfin qui réfutèrent par les découvertes des sciences positives les grossières superstitions enfantées par l'Église et préparèrent ainsi le formidable coup de tonnerre de notre immortelle Révolution, qui devait engloutir le vieux monde et rendre libre le peuple esclave.

Ce qu'un tel enseignement aurait produit, je vous le laisse à penser. C'est pourquoi tous les gouvernements de réaction, empire ou monarchie, ou république cléricale comme en 1850, comme sous le 16 Mai, ont mis la main sur les écoles du peuple et ont dit aux maîtres : Voici la doctrine que vous enseignerez : la nôtre !

Eh bien ! nous disons que ce n'est pas à l'école que l'on doit apprendre les doctrines religieuses.

C'est à l'église, au temple, à la synagogue, à la mosquée, en toute liberté, chacun selon sa croyance et le besoin qu'il en ressent.

Mais à l'école, les leçons de la morale éternelle commune à tous les hommes civilisés, les leçons d'histoire, de philosophie, de sciences positives, afin que l'homme soit à même de se rendre compte des phénomènes qui se présentent à ses sens ou à son esprit et ne soit pas dupe des charlatans.

Quand, chez l'ignorant, le bon sens naturel, une conscience droite, ne tempèrent pas le défaut d'instruction, il est un danger pour ses amis aussi bien que pour ses adversaires. Sans avoir conscience de ses fautes, il approuvera des choses devant nuire à ses amis, à lui-même, à ses enfants.

Il n'a pas la perception du vrai, du juste, du beau.

C'est enfin véritablement un homme inférieur, surtout aujourd'hui, à notre époque de science, où il est plus nécessaire que jamais de posséder un certain minimum de connaissances pour prendre part, sans trop de désavantage, à la lutte pour arriver à un bon rang dans la société.

Permettez-moi de vous dire encore :

Lorsque vous avez des élections à faire, portez les yeux sur les hommes avec lesquels vous êtes en communion d'idées, de principes ; puis, choisissez parmi ceux-là les plus expérimentés, les plus capables, les plus dignes. Réunissez-vous, concertez-vous pour faire vos choix, et, une fois la décision prise, votez avec discipline ; car, s'il y a des froissements, ils doivent disparaître devant le bien commun.

Sans doute, et heureusement, il en restera à l'écart d'aussi capables, d'aussi dignes que ceux choisis ; mais ils ne peuvent tous en être ; et pour ceux-là, qui sont les réserves de l'avenir, il est de leur devoir, — s'ils ne sont pas de vulgaires ambitieux, — de donner l'exemple de l'union qui assure le succès.

Mais que voulez-vous attendre, au point de vue d'une bonne administration, d'un esprit de suite dans les idées, d'hommes absolument illettrés, n'ayant jamais rien lu

pour former leur jugement? Et vous allez chercher, pour
vous représenter, jusqu'aux porchers du village ! Ah ! je
ne dis pas cela en mauvaise part. Je ne fais fi de personne,
et je ne connais pas de sot métier quand il est fait honnê-
tement.

Je sais bien qu'un pape illustre, Sixte-Quint, avait été
un gardeur de pourceaux avant d'avoir sous sa houlette
pastorale le grand troupeau du monde catholique. Mais
enfin, ce n'est pas précisément une preuve de capacité,
de savoir, que d'avoir été porcher. Et ce n'est pas une
raison pour que tous ceux qui l'ont été deviennent papes,
ni même simples conseillers municipaux.

Pour terminer, laissez-moi vous dire — pour ceux qui ne
le savent pas, ou qui l'ont volontairement oublié pour sa-
tisfaire leur propre ambition, — ce qu'a été mon père, ce
qu'il a fait pour son pays dans la modeste sphère d'action
que lui assignaient les fonctions dont il a été investi.

Républicain de vieille date, il est toujours resté fidèle
à lui-même, à ses convictions, à ses principes, à son
attachement à la démocratie.

Il ne cessa jamais de se dire républicain même quand il
y avait grand péril à l'être, dans les funestes temps du
crime du 2 décembre où il faillit payer de sa liberté sa
foi politique, sur les instances de dénonciateurs que vous
avez connus.

La moindre irrégularité constatée dans sa vie eût été
un prétexte pour le perdre ; mais que dire de cet homme,
menant une vie austère et pure, de ce parfait honnête
homme pour tout dire ? Il est vrai que, dans ces jours né-
fastes, il suffisait d'être honnête homme pour être suspect.

Il échappa, mais ne cessa jamais, dans la mesure de ses forces, de lutter contre le crime triomphant. Et vous l'avez suivi, je le dis à votre honneur. Oui, c'est par son exemple qu'il a entraîné ses compatriotes vers la république.

Au point de vue des intérêts matériels de son pays, écoutez ceci :

Un jour, il y a longtemps de cela, sous l'administration d'une famille tenant le haut du pavé, certains personnages — ils étaient du nombre, eux, les membres de cette famille — conçurent le projet de faire, aux frais de la commune, des chemins dont le tracé ne trahissait que trop leurs plans intéressés.

La commune n'ayant pas d'argent, on lui en prêtait en prenant, comme garantie, une quantité énorme de biens communaux, avec cette *petite condition* :

Que si la commune n'avait pas remboursé la somme à une époque déterminée, les prêteurs seraient de plein droit et *ipso facto* propriétaires des biens donnés en garantie.

Quel piège !

Lui, mon père, se mit en campagne avec ses amis, et, aidé de circonstances pour ainsi dire merveilleuses, il réussit à arrêter cette mesure désastreuse qui n'attendait plus que l'approbation préfectorale.

Où en seriez-vous aujourd'hui sans son opiniâtreté à lutter contre ceux qui compromettaient les intérêts de son pays, n'ayant, le plus souvent, pour tout appui que le bon droit ?

Nommé maire, son premier soin fut d'être économe des deniers publics, car le budget allait être lourdement grevé de charges laissées par les précédentes administrations.

Avec lui, les frais de bureau descendent d'un façon fantastique, de moitié, des deux tiers !

Il prend en mains l'affaire de l'installation d'un bureau de poste dans son pays, mesure bien utile pour les communes voisines aussi, et vainement réclamée depuis longtemps. En quelques mois l'affaire est instruite, et le bureau installé sans que la commune y dépense un centime.

Oui, nous le répétons, mesure doublement utile en ce qu'elle mit, — en même temps qu'elle assura une prompte distribution des lettres, — les communes les plus importantes en communication beaucoup plus facile avec le canton.

Les budgets étant en déficit tous les ans, il trouva le moyen, sans qu'il en coûtât rien à la commune, de faire quelques travaux utiles qui sautent aux yeux des plus aveugles.

Une ancienne administration, indifférente et imprévoyante, avait laissé imposer la commune d'une façon écrasante pour l'entretien d'un chemin : douze cents francs d'argent par an, sans compter les prestations.

Lui ne cessa de réclamer contre une pareille charge et d'en exposer l'exagération au conseil d'arrondissement où il avait l'honneur de siéger.

L'année dernière, au lieu de douze cents francs, cette dépense ne figurait plus au budget primitif que pour sept cents francs, et sur ses nouvelles réclamations, le contingent d'argent fut réduit à deux cents francs seulement, soit une économie de mille francs.

Cette année, il ne désespère pas d'obtenir le même résultat, malgré que de funestes ambitieux lui aient sorti des mains une carte précieuse.

Voilà ce qu'il a fait, messieurs, sans votre concours, n'ayant rien pu faire d'utile avec vous.

Aujourd'hui que vous vous voyez acculés dans une impasse, que vous ne savez plus comment faire pour trouver des ressources pour vos écoles sans revenir à ce qui a été déjà fait et est devenu nul de votre faute, vous cherchez, pour vous faire pardonner de vos électeurs qui vous connaissent bien maintenant, oui, vous cherchez à le couvrir de fleurs en disant que l'on sait bien que c'est un brave homme.

Il n'a que faire de vos flatteries *in extremis;* il trouve sa récompense dans la satisfaction intime du devoir accompli et dans la fidélité de ceux qui l'ont élu encore en tête du conseil.

Voulez-vous que nous vous disions ce que vous avez espéré faire et ce que vous avez promis aux ignorants pour les engager à voter pour vous?

Votre but a été d'être les plus nombreux, au conseil, pour réunir les plus imposés, et, dans l'espoir qu'il en manquerait à la réunion, voter une imposition extraordinaire énorme afin que les propriétaires aient toutes les charges de la construction des écoles.

Oui, voilà bien votre plan, et il en est, parmi vos amis, qui soutenaient qu'il fallait voter une imposition extraordinaire de 50 centimes; rien que cela, s'il vous plaît?

Voilà ce qui s'appelle disposer avec désinvolture de l'argent des autres. Mais ils ne savent donc pas que la loi ne permet pas ces sortes de malhonnêtetés ? Il y a un maximum que l'on ne peut dépasser ; et nous vous disons aussi que si, par votre nombre, vous votiez contre les plus imposés le maximum que permet la loi, votre vote serait brisé, car la commune n'est pas dans une situation à ne pouvoir se créer des ressources autrement. Elle a des propriétés assez considérables qui produisent fort peu de chose parce que vous les administrez mal, et les plus imposés n'auraient qu'à exposer cela à l'autorité supérieure pour arrêter tout net votre fameux plan. Ah ! si la commune ne possédait rien, ce serait une autre affaire.

Nous tenons donc à dégager notre responsabilité si, dans l'avenir, le projet en question ne s'exécute pas dans des conditions aussi favorables pour la commune que celles que mon père avait préparées et que le conseil a fait échouer, et aussi s'il ne s'exécute pas du tout.

Souvenez-vous bien seulement de ceci :

Avec l'imposition extraordinaire que mon père avait réussi à faire voter, et le magnifique dégrèvement qu'il avait obtenu sur le chemin dont nous avons parlé, puis la subvention certaine et considérable du gouvernement, vos écoles n'auraient, en fait, rien coûté à la commune. Les sacrifices qu'elle aurait faits elle-même auraient servi à rembourser la dette de dix mille francs et à faire une réserve pour équilibrer ses budgets dans les mauvaises années, et entreprendre aussi certaines améliorations utiles à tout le monde.

Nous tenons aussi à ce que vous sachiez bien que, arrivé à son âge, et avec le mauvais état de sa santé, mon père

ne demandait depuis longtemps que le repos et la tran-
quillité, ses amis le savent. Il avait déjà voulu se retirer
dès l'avortement du projet de nos écoles, et il n'était
resté que sur les instances de l'autorité supérieure qui lui
avait fait l'honneur de l'en prier.

Mais, il ne le cache pas, il aurait désiré être remplacé
par un homme ayant comme lui les idées généreuses de
la démocratie.

On le force à la lutte? Eh bien! il luttera tant qu'il en
aura la force, et fera tout le possible pour préserver son
pays de la tyrannie des ignorants.

Les fauteurs du 16 Mai, qui connaissaient leurs hommes, lui firent l'honneur de le révoquer; ils frappèrent
juste, vous le savez; c'était bien un adversaire impla-
cable de la bande des monarchistes coalisés contre la
république.

Vous le portiez aux nues alors !

Eh bien! il n'a pas changé, lui; il est toujours resté
ce que vous l'avez connu : républicain éprouvé, aimant
ardemment son pays.

Tandis que vous, vous n'avez eu qu'une pensée dans
votre vanité orgueilleuse : prendre sa place sans songer
à votre incapacité.

Et, pour votre châtiment, vous avez été réduits à accep-
ter les conditions des réactionnaires et à voter le 26 juin
pour celui qui au 16 mai avait fait cause commune avec
les ennemis acharnés de la république.

Mais vous tous, nos amis, qui êtes restés fidèles à nos
principes : ayez foi dans l'avenir !

Le progrès incessant fera partout la lumière et apportera une ère encore inconnue de concorde et de paix, et de bien-être aussi pour les déshérités.

Et qu'importe si nous ne le voyons pas?

Est-ce que tous ceux qui ont lutté contre l'esclavage ont vu luire la liberté?

Donnons à l'heure présente ce que nous avons de meilleur en nous-mêmes pour assurer à tout jamais le triomphe de la république, et nos enfants plus instruits que nous marqueront à leur tour d'autres étapes en avant, sous cette admirable forme de gouvernement qui peut seule permettre de mener à bonne fin toutes les réformes — et elles sont nombreuses — qui restent à accomplir au sein de notre société.

Bien cordialement à vous, mes chers compatriotes.

JACQUES CHAUSSIER

7 juillet 1881.

Paris. — Imp. Vᵛᵉ P. Larousse et Cⁱᵉ, rue Montparnasse, 19